明日葉のしずく

五行歌セレクション11

川添洋子

彩雲出版

明日葉のしずく

序

生まれて初めて発した我が子の言葉を成長した時のために書き留めた一冊のノートがあります。

日々の暮らしの中、遊びの中でつぶやいた言葉は大人になったら忘れてしまいます。みずみずしい感性、子と共に居合わせた二度と戻らない時間、一人しゃべり、ふと口にしたつぶやき――。

私の原点であった口語詩が、ありのままという観点で五行歌と繋がりました。五行で縦書き、季語も字数の決まりもなし。この型なら気負いなく、思いついたことや、光景をメモ書きして作ることができます。

そこで五行歌誌「彩」の同人となり、長い時間が過ぎました。

書き留めてきた子の言葉や、日常から紡がれた詩が五行歌となり、このたび『明日葉のしずく』を出版することにしました。

本を出すことにより、また新たな一歩が始まります。

昨年からホームケアセンターに時々お邪魔をしています。

そこで新しい試みとして、題を決め一人一行ずつ、数人で一つの歌を作ります。

一人で作る作品と違い、一行にその人その人の背景が見えてきます。寄せて作る一つの作品「つなぎうた」として提唱しました。

月間のテーマに一作品、替え歌もついて恒例となりつつあります。本書の「寄せ合う五行」はこのホームの皆様をみて作った作品です。

これからも五行歌を通し生活に潤い、広がり、気づきがあるといいなあと思っています。

出版にあたりご尽力いただいた風祭代表はじめ、お力添えくださった皆様に感謝いたします。

この本を手にとって読んでくださった皆様、ありがとうございます。

そして、あなたも五行歌を書いてみませんか。

平成三十年三月吉日

川添洋子

目次

装丁・小室造本意匠室

明日葉のしずく

明日葉のしずく

フロントガラスに
朝露ころがる
きれいと感じる
一日の始まりは
しあわせなのかな

心に
窓が
あいてるだろうか
カーテンゆらす
風が入れるように

素直に
素敵と
思えることが
心の窓も
開いているということ

たまには
私の鏡も
クリーナー
さっとひと拭き
見違えるほどに

温和だね
いつもにこにこ
そんなことを言われても
私も人間
時には般若

内からわく
気
目には見えない
醸す力は
一筋の意気込み

時間がないと思えば
真摯に
人としての本質を
探りつつ
生きられるだろうか

ラストチャンス
気負いなく
重ねる齢《よわい》に
ちいさな
芽

全部
型に
はめなくていい
落下地点が
着地点

掌で掬う
一粒
明日葉
の
しずく

素材
光があたって
輝くもの
内から光を
放つもの

私の中の
私へ
問いかける
これで
どうかな

太鼓と
ばち
体中に
響く
和

明日葉
の
しずく
蒼の滴
わが子がくれた

流れに
逆らわず
添いて
行き着く
本流

苦しい時こそ
心を軽く
意地をはらず
人の好意は
いただいて

迷う
ということは
多分に
NOという
サイン

ああ
今日で終わった
ひとつの区切りか
心に
ぽっかり

うつむき
加減
目に入る
活字の
励まし

さらさらと
流すことから
こだわって
あと一歩
深く意に止める

心の波動
ビブラート
そんなに悩んでも
人には
みえないよ

心念を真っ直ぐと
その意志の強さ
楽日の二戦
横綱の男泣き
感動に待ったなし

大きな玉手箱

祖父に
もらった
気長と
笑顔
私の大きな玉手箱

海のない県に生まれ
大洋のように
広い心をと
祖父が名付けたと聞いた
ありふれているけど好き

いつも鼻歌の
祖父だった
本当の
苦しさ、辛さ
知ってる強み

親なくも
祖父の
オブラートで
つつまれた
心地のよい家だった

スペインに行った
サフランの名産地
濃い紫の花、赤いめしべ
祖父の植えた
家の庭先

八方塞に
祖父の笑顔
思い出す
苦労を苦労とも言わなかった
背中を押された気分

不思議に祖父と重なる
小豆島の文友
物静かに
文に品格にじむ
訃報が届くなんて

顔も声も
年齢も知らず
手紙で励まされた
遠い文友
気持は近く

ほっとした
この境内
亡き祖父と
父の新盆
鳩に豆まく

大好きな祖父
我の顔
天に向ければ
いつでも
いる

ガラスの向こうの命

羊水にふわり
小さなキミは
ままとバーバの
おしゃべり
聞いてるかしら

子を持って
はじめてわかった
貴女の気持ち
さっと溶け出す
忍辱《にんにく》の世界

父になる顔
厳しさの自覚よりも
嬉しくて
早く早くと
対面待つ

ひたむきな
子育てをみて
頑張ってみよう
そういって
三児の母となった彼女

お互い
選んで出会った
親子だよ
前世、後世
つながる道

見舞いに来て
横に並んで
じっとみる
「ちっちゃいなあ」
つぶやく息子

ついつい
隣と見比べて
やっぱり可愛いい
ガラスの向こうの
小さな命

腕に
この小さき人
無量のぬくもり
心に
火　熾《おこ》す

光をつかむ
赤ちゃんは
純真無垢
扉の影の
一筋の線

腕の中
キョトキョト
お目々に
孫の顔
重さも忘れ

眠っているのに
赤ちゃんは
あくびをしたり
にっこりしたり
いそがしい

あの手
この手で
あやしてみても
なお不機嫌
孫は宇宙人

まほうの手

いないいないばあ
ぽわぁんと
広がる
笑顔

ぴょんぴょんと
うれしさかくせず
ははの手ににぎり
またまた
ぴょん

子どもと
ひろった
どんぐり
木《こ》の葉
時が駈ける

つむじ風
落葉と
いっしょに
あっち向いて
ほい

おしゃべりが
目の前を
音符になって
踊って
いく

幼子が
思い出させてくれる
忘れてしまった
自分色の
しゃぼん玉

赤ちゃんの離乳食を
そっと見る
上手だねと言ったら
おててをパチパチ
あらあらスプーンが

忙しくて
寝ることも
ままならず
思えば幸せ
子育て中

子は親の背を見て
生きていく
わかったとするなら
生老病死を見せていく
これが子育て

あの山の
向こうから
もしかしたら
ウオーッって
何かくるかなあ

まるむし
袋につめて
おみやげと
母に渡す
保育園のお迎え

だるまさん
ころんだ
　一歩
そしらぬ顔して
寄ってくる

いたいの
いたいの
とんでいけ
なでる
まほうの手

日曜日の幼稚園
明日
走り回る
園児のために
庭はオレンジの日の光

恐竜の
すべり台
てっぺんにつけば
ガォーっとうなる
気分はディノサウルス

早朝の
弁当づくり
冬は気合い
空っぽの箱に
気持ちひろがる

葉っぱの
お汁に
花びらごはん
本当においしく
遊んだね

小さな手に
おはじき握り
風の音
波の音と
耳にあて

空ひとり占め

働くという
一字に
込める
人の動ける
幸せ

有限はないと
微々たる進歩
諦めなければ
必ず
突破口

大きな節が
目にはいる
すんなりとここまで
来たわけでない
街路に何気に立つ木

難しく疲れ倍増
人に教えることは
ペースが違う、判断違う
忍耐とポイントの示唆
一人ですんなりは後釜育たず

おためしに
電脳ゲーム
脳年齢は
八十歳
これは大変

遊
空
休
楽
快

楽しいことの
早いこと
辛いことの
長いこと
振り子は動く

労を惜しまない
とは
いい言葉
さわやかな響き
初心に

財政難
質素・節減
元手のいらない
心豊かなるもの
模索

身の程
知れば
顔をあげ
人押しのけずに
空ひとり占め

夏を見送り
秋を迎える
さるすべり
おまえを見送るは
風か

ゆっくりと
たまには
時間と
ともだち
休みの日

時のニーズに合わせ
設立、運営
あれから何十年
変わらぬメンバーと
頑張ってるなあ　彼女

自分のペースというならば
仕事は四日
三日は休み
家でのんびりしてみたい
勤続四十年越えの今

三月に吹く風は
どこ吹く風
ぽっかり空いた大きな穴
四十年来の同志の退職
突然の発表

引き際
去り際
大きな節目
後戻りのない
一点

何もなかった
一番大事なものも
諦めから始まる
一歩
今、足跡をみる

長かった海外出張
定年区切りに
仲睦まじくが
息詰るとは
身勝手な

免許証を入れ
ＦＡＸ送信
バリッバリッバリ
心臓も
ぱくり音

どれだけと
はかる
器は
皆
違う

車の信号待ち
向こうから
スーツの紳士
満開ツツジに手をのばし
おちょぼ口で蜜を吸う

夕日が
きれいなのは
きっと明日と
いう日が
見えるから

まっ赤な唐がらし

棒のような
娘の足
それより
太い
母の腕

うまいなあ
甘え
じょうず
そんなことも
後で気づく

アイメイク
娘とにらめっこ
ライン一筋
描いてもらう
可笑しさこらえ

思いやる
だけでは
優しさじゃない
時にぐさりと
言える優しさ

緞子《どんす》の赤が
よく似合う
赤いとうがらしと
重なる
紅一筋

母娘《おやこ》で
よかった
花嫁姿
今日までの
絵巻

満面の
笑顔を
もらい
明日へ
一歩

嫁いだ娘
話があるんだけど
もしやと思えば
やっぱり
おめでとう

まっ赤な
かわいい
唐がらし
娘から
初物とどく

娘の心配事を聞いて
心がずっしり重くなる
今日は誰にも会いたくないと
時よ駆けてくれ
明日になればと

どんなに
悲しいの
しゃべれないほどに
そこにいって
抱いてやりたい

子は子のまま
親はいつまでも
変わらぬ心配
子離れなんて
ないのかも

ふり返れば
娘が
母の
道を
今また歩く

初スーツ

椅子に
のぼって
メジャーひく
息子の背丈
めじるしの跡

息子の
部屋
後の
掃除機
尻ごみする

そんなことで
熱くなるな
なだめる
十六歳の息子
もとはといえば

ベランダから
息子を見送る
向かいの屋根の
親猫は
子猫の動きをじっとみる

初体験
うどん屋で息子
天ぷら揚げる
いきなり見舞う
パチッと油

真冬の西穂高独標
満足気に立つ息子
家で待つ母
一人で憔悴
山頂に雪の花映える

息子に
初スーツ
あわせて
細まる
母の眼

玄関に
息子が
靴といっしょに
落葉の秋を
つれてきた

痛いんだろな
親の背
さする
息子の
気

言葉
少なく
大きな手で
示す
息子のおもい

がんばれ　息子
思い残しのないように
自分がしたい事、やりたい事
不安は付きもの
得るものは大きいぞ

ポツンと充電器
出発後の息子の部屋
数日先に行くであろうホテルのフロントに
慣れぬ英文、国際小包
追跡番号に目を凝らす

カナダに転勤
画面の中から
こんにちは
温度はないけど
気持ちが届く

息子とみる
世界の車窓
あそこは良かった
ここに行きたい
ワインが底を抜けていく

大地の泪

戦車の
砂けむり
その横にある
羊飼いの
変わらぬ生活

上へ
上への
文化に育ち
足もと
よろよろ

何処かで起きている
深い悲しみ
大地の
泪
大洋に湛え

衣食住で事足りる
余分な欲が
すべてを狂わす
犠牲になるのは常に弱者
子どもたちに流れる血の映像

日々の積み上げ　信頼
ある日突然の
激震とすれ違い
また世界の秩序までが
崩れていくのか

戦後七十年
あの戦争は何の為だった
心の奥に開かずの扉
持って行く人に
戦後という言葉はない

だからこそ
同じあやまちは
絶対しない
体験した人の叫び
戦いは二度としないという総意

終戦記念日に
向かい合う
無言館
黒く重い
選べなかった時代

過去を
踏み台に
今がある
忘れてならない
礎

地球が
あぶり出す
人類の明日
子からの借り物
仮の住まい

静かに緑の大地
数十年前は内戦
壁に弾丸の跡
花いっぱいの市場が
今

日に透かした青葉
所々に光あたる苔
いつの時代にも
眺めたであろう景色
穏やかな世でなければ

せみのデシベル

大きな日の出
一人占め
早起きの
特権
洗われる心

五感
拓いて
心の
蕾
ふくらませ

都会のこんもり新緑
静かな境内
木漏れ日の参道
合掌して
心を透かして

体が春を
受けいれる
どこでも
うとうと
パステルカラー

湿気のない
こんな日が
続くといいね
天にのぼる
深い呼吸

白《しら》む空
水鳥が
Y字《わい》の
線で
消えていく

せみの
デシベル
高いほど
緑が豊かと
教えてくれる

いつも元気
誰よりも
先へ先へと
風を迎える
百日紅

ふと見上げる
柘榴の実
小さなうちは
あひる口
頭上で賑やかに

それは
捨てたんじゃない
忘れているだけ
すぐり、一枝
涙がにじむ

ドクダミの
花一輪
涼をさす
水中に
白い根

台風あとの強風
下ばかり見ては
気もつかず
空に大きな
虹の太鼓橋

お彼岸を
声なく
伝える
まっ赤な
曼珠沙華

稲穂の
視界
土と
人の
音符

大型台風がくる
道ばたのネコジャラシ
精いっぱい
追い風受けて
腰までしなる

和紙にひかれ
小原《おばら》の里
霜月に
四季桜
小花つける

※（愛知県）

初雪は
冬のご挨拶
いきなりの大雪で
交通遮断
真冬日ドカーン

大雪に喜ぶのは
校庭で遊ぶ子どもたち
鼻水垂らし半袖姿
都会での銀世界
先生の粋なはからい

このしんどさ
打上げ
女三人
やっぱり
温泉よね

雪国はつらつ
雪国は
つらいと
どこでどう
読みちがう

越冬の枯れ草に
陽があたる
その下から小さな芽
しっかり囲まれ包まれて
春を覗く

風凍る
梅の
新枝
つぼみ
抱く

山野草展
ちんまりと
福寿草
ふきのとう
やっぱり土手が一番

椿がきれい
真っ赤に咲いて
地面にも
さかさ椿
まさに爛漫

背の形

やる気が
動く
時
私は
ふり向かない

続いて
ほしいから
人一倍
前を向いて
歩いてきた

赤ちゃんとて
背中が語っている
向こうを向いて
一人でちゃんこ
絵本をめくる背

人を知って
自分知る
自身で
気づかぬ
背の形

この
年の数の
　重みを
持って
生きているか

干したおふとん
おもわず
でんぐり返し
背骨が
よろこんだ

親子で
帰る
保育園
「いいなあ」と
続いて来る人がいた

坂のぼる
自転車
おんぶで
母の背押す
おさなごの顔

結婚
出産
みんな辞めていく
積んで重なる
歴史が要る

下町の太陽
かがり火
縁の下の力もち
あなたである
存在

ささやかな発信点

迷い迷いの中に
見つける真実
ひとつ
捜し求める
過程がエネルギー

いつもポンと
背中を
押すのは
結局のところ
自分自身

夢は
いつも
頭の辺り
ちょっと
上

誰かに
手をかす
そんな人が
いるうちは
さびしさはない

その時のこと
立場が
違えば
相手の気持ちは
雲の上

ふわりと
舞い込んだのは
落ち葉でなく
コンサートチケット
ドボルザークの秋

わたし
お金ないけど
人が財産と
言ってしまう
強み

まぶしさに
目を
つむる
暗闇の
真実

最後には
自分を信じ
第六感
意外とこれが
的を射る

嫌と思う人ほど
時には
真実の自分を
教えてくれる
三面鏡のように

未来は
いつも
シャドーボクシング
夢と
非現実

点
てん
私の
ささやかな
発信点

共に過ごした
時間空間
お互いに
口には出さぬが
目尻が語る

瞬間を
しっかり
刻み
笑顔を
のこす

深き土の中
自分の
五感を開き
出番を
待つ

これは縦と
思い込む
たまには
横に
まあるい心

何かしなくては
そんなことを
思って過ぎた一年は
逆走した
自分じゃないか

一日断食
夕食を抜くと
こんなに時間が空くのか
みっちり数時間
たまにはいい

本当に苦しいのは
三日
三日たてば
事態は
必ず動く

物があって
恵まれる
物がなくても
恵まれる
幸せ指数

ほんのりと
明らむ東の空
見つめる一つの点
今から始まる
一日が

えくぼ三代

早い別れだった
もらったものは
左利きと
えくぼ
父の歳はとっくに越えた

繋がる
えくぼ三代
ふくれっ面より
笑い顔
穏やかな一日

同じ場
同じ季節
時間が変えた
風景
孫との散策

孫の散歩
手を引いて
とっさに呼ぶは
息子の名前
親はやめられない

親は
子が
心配の種のうち
元気で
いられる

母のやるだろう
予想
ぴたっとあてるは
何といっても
我が子たち

おとうとに
ドンボとにぎらせ
蜂、おこる
もみじのおててが
まっかっか

日ごとの成長
孫に
目を奪われ
忘れてしまう
我が歳

孫をみて
振り向けば
我が子の年が
教えてくれる
実年齢

お尻をあげては
ストンのくり返し
ふとふりかえれば
にこにこ孫は
二本足で立っていた

「残りものには福がある」
三歳の孫との
いろはがるた
絵は一個のお饅頭
半分こと小さな手

孫の百人一首に感化され
私もこっそり
おさらいを
今ならゆったり
描ける情景

なぞなぞしようと
孫が言うことに
白と赤と袋でなあに
祝儀袋と即答
違うよ、サンタさん

ひとつ　ひとつ
文字を拾って
読んでくれる
孫のお話に
胸いっぱい

孫娘、学校から帰るまで
お雛さま片付けないでね
来年の私に手紙を書いて入れるから
そう言って登校したそうだ
年々の時の重み

善光寺の戒壇廻り
漆黒の闇に
孫達ちゃんといるか
手探りで鍵も探す
異次元の体験

宿坊初体験
精進料理に
工夫がすごいと喜ぶ孫達
翌日の駅弁は
迷わず肉だった

五百羅漢の
寺訪ね
遠い過去から
似た顔
捜す

いまどきは
おやつ交換しないんだよ
孫が言うには
アレルギーの問題があるんだよ
時の流れに尻もちドシーン

足冷たいと
足裏合わせたら
小四の孫と
サイズが同じ
いつの間に

孫の帰った
閑散な
時の空間
日暮れの
残照にも似て

亀のきもち

起きてみたら
世界がひとつ
野兎の
足跡
どこまでも

雨の後
見えないものが見える
木の幹が
艶やかにひかる
黒豹のように

水と緑の自然力に
目でも
耳でもなく
ひたすら
皮膚呼吸

突然の水音
急降下の小さな影
瞬時
目に鮮やか
川蟬のフィッシング

すらっと
どこから見ても
姿よし
引く手数多の
私はサンマ

亀の
きもち
わかりそう
石の上の心地よさ
岩盤浴通い

ほめ
　られる
いくつになっても
極上の
えくぼ

日本のお猿さん
温泉につかり
焚火にあたり
焼き芋食べる
隣にいても不思議はない

犬も笑う
猫も笑う
馬もウサギも笑う
ならば人も
笑えるように

アリとキリギリス
どちらかといえば
キリギリス
気の小さなキリギリス
明日のパン代残すキリギリス

ねずみの学校
おもしろい
人の学校より
生き方
学べそう

鳩時計の
ようだね
換気扇から
ひょっこり
雀はいる

太陽の呼びかけ
応える秋の葉
赤くなったり
黄色くなって
首をふる

頭上の会話に
ピョンピョン
ひざに前足
いれてほしいよ
ミニダックスのポポ

公園のタイサンボク
大きな白い花が
天　仰ぐ
人も上見て
夢馳せる

澄みきった
目でみる
ポポ
犬のきもち
以心伝心

ぽぽ、ありがとう
二人の孫が
生まれる前から
娘宅の長女
十七年もの月日を共に

異国の空

インドにつながる
群青色
モスクの飾り
異国の空
朝霧の喧騒

子が離れ
姉妹ではじめて
海外旅行
心置きなく
家あけて

遺跡の
急な階段
登らねば見えない
遠くまで
覇者の志し

寺院のピラミッド
沈む一瞬
静かに
静かに待つ
澄んだ気持ち

しばしの間
中世に続くゲントの
濡れた石畳
多くの人々が行き交った広場
今も響くカリヨン

アンネが外を見た窓
限られた景色
一歩出れば広い世界
西教会の鐘の音が
今も同じに奏でている

閉塞した時代に
雑誌の切り抜き壁に飾り
今日を記したアンネ　フランク
貴女を訪れ
並ぶ行列今も尚

オランダ　ハーグ
はるばるマウリッツハウス
時を超え
そこに少女がふり向く
青いターバン巻いて

朝に夕に
外の光を招き
織りなす
ステンドグラスのグラデーション
非現実の教会

池に映る
逆さの影
静寂の闇に
誘われる
聖家族教会

トカゲの噴水
お菓子の城か
グエル公園
童話の中へ
夢の中へ

ここから大陸めざし
旅立った先人
お花畑の断崖に
風はゆれる
ロカの岬

ふわりふわりと
カッパドキアの空
バルーンに乗って
夢心地
鳥でもない私

記憶の彼方の
チグリス、ユーフラテス川
トルコ
何世紀もの昔が
今にあった

ただただ広く、長く
果てしないロシア
空に向く黄金と色鮮やかな
玉ねぎ頭の大聖堂、教会
信心の歴史も深く長く

どこを見ても
目を見張るばかり
歴史の変遷
生き抜く人達の
底力

まばゆいばかりの
エカテリーナ宮殿
プーシキン像のある公園
上も下も黄金の輝きの中
子どもたちの声が響きあう

ウスペンスキー大聖堂
聖人へのお祈り
一筋の長い列は
冷え込む雨さえも
厳粛に落ちていく

写真のままの
風景
いつか行こうと決めていた
ドブロブニクの街並み
煌めくアドレア海

鐘楼へのらせん階段
細くて急勾配
最後は自力で這い上がる
上からそっと誰かの手
優しさの光に輝いて

水の底に横たわる
老木
石灰華に
エメラルドグリーンは
時を重ね合う

滝の数々、水の勢いが
脳の隅々まで
飛沫する
プリトヴィツェの大自然
私は瞬時を生かされている

旅先で買うもの
小さなケース入りの塩
その国の雰囲気がある
一番は帰ってからのお楽しみ
お料理作りが弾みます

その品名　ベゲタ
魔法の調味料
どんな味かわかりません
帰ってからのお楽しみ
クロアチアの味の再現

スロベニア、クロアチア
旅の醍醐味は
姉と一緒
二人で幾つになっても子どもの顔
アドレア海に再度

日々の雑念
きれいに消えて
椰子の木のもと
柔らかな風
ワイキキの海岸

寄せ合う五行

この人なら
自分を
さらけ出して
普段着の
まんまで

心配は
一人で
抱っこしない
話す事で
心が外を向く

一人一行
皆で寄せ合う
五行の詩
パズルのようで
可笑しいね

初対面なのに
ほっこりと
距離一メートル以内の
お話は
模擬家族

みんな一人じゃないし
仲間と共に
今日は何日、何曜日
何の日か
各々の〝その日〟は楽し

いつも
気にかけてくれる人
ありがとう
いてくれるだけで
気持ちが前に

昨日の今日
変わるはずのない
同じものが
違って
見える

きっかけを
くれる人は
大切な人
気づかなければ
響かない

大きな壁に
ぶつかれば
始めは痛くて弾き飛ぶ
可能な力は
その後に

今を懸命に
頑張る人の笑顔に
ついつられ
笑っている
我に返り前を向く

覚えていてくれて
ありがとう
たった二回というのに
名前を呼ばれるって
嬉しいな

一人一行
人数分の
行数に
思い思いの
うたが聞こえてくる

若き日の自画像

農耕の
時期を知らせる
山の残雪
名画となって
語られる

私は私
決められたサイズ
自由に描き
自由に色付ける
一枚のスケッチ

スケート靴の
踊る線
背中を追って
想いを描いた
青色のリンク

一枚の絵尋ね
山あいの
美術館
澄んだ川
せまりくる緑

こんなにも感動したことがあったろうか
一幅の画
富士超えの龍
天に駆け上がる龍は
北斎の今生の別れの息

この一幅の
画に驚愕
絵師の息使いを
感じたのは
唯一無二

妙心寺の頭上の雲竜図
今にも降りてきそうにこっちを見ている
下からぐるりと一周
にらめっこ
いつしか龍は天に昇っていく

絵画と変わらぬ
波の反射に
釘付け
　一枚の版画
吉田博、光る海

城壁から見る
赤い屋根
路地裏の黒猫、学校
行き交う人たち
額縁にドブロブニク

真っ白な顔に赤い鼻
クラウンは
多分にして
見る人の気持ちを
映し出す

小さな小さな額縁に
クラウンの大きな鼻
その切り取りに
画家のセンス
思わず額と鉢合わせ

彼の絵は
白の中の白
そして乳白色
私は画家
いつも自分は変わっていない

若き日の自画像
誰もが見たことがある
彼の自画像
時代に翻弄されても
自分を失わず

青という色が
人を
引き寄せる
浮世絵の青
青いターバンの少女

時間空間違っていても
美しいと思うものは
どこか似ている
若冲の石灯篭屏風の点描
ガウディのカサミラに

雪梅雄鶏図
若冲の中で一番しみる
梅にふんわり積もる雪
まっ赤な山茶花
ふと一村が頭をよぎった

浮世絵の
藍、緑、赤
ぼかしの色合い
絵具にはない
和の感性

ゴッホもモネも
広重、北斎を見て学ぶ
良きお手本は
良き物へと昇華され
引き継がれ記憶に残る

種を播く
その姿
いつの時代も
同じだったんだ
ゴッホの見た風景も

片思い

顔を
みるだけで
元気をくれる
安心をくれる
そんな人

親子ほどの
年の差なのに
どきっ
そんな自分に
もっとドキッ

好きと言えず
琴線の揺れは
震度計
距離縮まれば
温度計

片思い
ひたすら
心に
おし込み
でる吐息

目に
焼きつけても
あなたに
見てほしい
だからシャッター

もくもくと
仕事をしていると
思いきや
胸にひとつふたつ
つかえるものがあるそうで

顔を
見た
瞬間
伝う
心胸

いいたい
ばっかり
多少ずれた
会話でも
楽しい

すごく近いかも
猫の
きもち
春に
いちばん

笑い方が
実に清々しい
久しく見たことのない笑顔
テレビの中から
ディーンさん

一冊の本
主人公と
同じ
気持ちで
いったりきたり

遅いメール
送信して寝れば
朝には
Re
深夜型ですね

存在が
風で
あったら
隣に
そっと

いのち

握る手から
ながれて
くる
川
脈々と

前にある
背中
しっかり見つめ
いつしか
後に誰かいる

足元の大地が
種を育て
生き物育む
大きな大きな
懐

雨後
大地を裂く
パチパチと
新芽
己の生

野にはう
草花たち
太陽の
スポットライトに
顔あげて

一瞬のすき
手のり文鳥
とびだした
空を仰ぎ
点捜す

薄い
花びら
この瑞々しさに
愛でる
生

生きる
長さは
何かに
　似ている
一日花か

繰り返し
繰り返して
点と点を
線にする
人の一生

イチョウの幹に
苔むして
緑に白に
時を這う
これぞ風格

いくつになっても
生まれた日は
記念日
そこから始まる
生の道

空仰ぎ
手をさしのべたくなる
いろんな形の
ぼたん雪
今日は私の誕生日

日当たりの良い立ち位置は
常に光が当たる
木蓮のつぼみも
人の生きていく時も
育つ場所

赤葉、黄葉
おもいおもいに
舞いあがる
遊びおわって
地に帰る

裸木に
鳩一羽
体まるめる
寒々《さむざむ》降る
師走の雨

思いっきり
生きて
皆
静かに
土に還る

鳩になって
生まれ変わる
大空を
風となり　光となって
魂届ける

迎エ
共ニ
過ゴシ
静カニ
去ル

雨に打たれて
まっ赤な椿が
より赤く
地面に落ちて
なお生きて

花は
二度咲く
花びらに
なっても
川に流れ

それぞれが
たった一度
満ちる月日を
迎えて
昇る

まずは一歩

少しの時間でも
都合つけて
出向いてくれる
姉の気持ちが
ミニ旅の醍醐味

善光寺の戒壇を
姉と二人
闇の中を神妙に
心鎮めて
結縁の鍵

雨が降っても
いつもと変わらぬ
善光寺さん
なんと運よく
お数珠頂戴に

本当は歩きたくない
雨降りは
善光寺の帰り道
酒まんじゅうのつるやさん
一個のおまけに雨忘れ

とことん
意気消沈
これは重症
医者よりも
旅に出よう

思い立って
出かけた高野山
山上の
祈り
空に近く

はなみずきの
つぼみ
みんな上見て
太陽
つかむ

ひと足踏み入れれば
ひんやり苔むす庭
楓の葉のゆらぎ
草庵に風誘う
今も仲良く並ぶ祇王たち

千本鳥居に魅かれ
お参り行けば
幾多の願いが
通った鳥居
稲荷の山を朱くする

南天の赤に唐門の朱
若冲の石峰寺
五百羅漢は
竹林に鎮座
今も釈迦の説法聞いている

お城の楠
触ってみれば
何と暖かい
太い幹の
息づかい

日本人の行列は
美しいとアートと
子どもの頃から並び慣れ
割り込みなしに
整然とかつ間を楽しむ

イチョウ並木にも
陽の当たる場所が
一番早く色付いて
ひかりの足跡
残していく

ここ金閣寺
義満が見たまま
龍門の滝に
鯉が登っていく
六百年たつ今も

病を越えて

サラサラと
流れていたものが
滞る
瞼に手に
異常はしる

腫瘍発見
とればいいか
とても気楽な
感じだった
はじめて聞いた時

音もなく近づいた
細胞の増殖
我知らず
我関せずでは
いられない現実

病ではじまり
すべてが変わる
視界一変
人生感も
価値観も

人間一生に
不具合は
あって当たり前
その都度
点検　整備

縫合後
痛さも忘れ
大笑い
あわてて手を置く
傷の上

今日できても
明日はダメかも
明後日は可能性あり
そんな波が寄せては返す
病後の形

入院して
どれほど日数《ひかず》が過ぎたか
そんな一日、一日
カレンダーを見れば
たったの数日

同世代
突然の入院に
びっくり
検査にしても
縁のないことだった

長い年数が経った
再発はまずないと
そう言われていたのに
最近暴れ出したと
友から便り

いつも明日が来るとは
限らない
ぷつんと途切れた
友のいのち
意識戻らず二年がたって

今日の事しかわからない
明日の事
病気の進行
止めもなくすもできず
様子見が最高の良薬

病を越えて
今日の自分と向きあう
将来ありたい自分を
語る
貴方の瞳は輝いて

私だけかと思っていたが
案外周りも悩んでいた
人生後半
一生現役
めざす健康寿命

帰れる場《ところ》

ベランダの
ふとんが
いっせいに
太陽向いて
腹式呼吸

ゆれる
ハンガー
ほのかに香る
物たち
心地よい風

高台のさくら
眼下に
眠る人へと
年ごとの
散華

母は
孤独
次々と
飛び立つ
背を送り出す

親って
立木の
影から
見ることなんだって
思わずうなってしまう

帰巣本能
鳥に人にも
あるような
向かうは
ふるさと

木々の新芽
朝露
緑の濃淡に
心が和む
忘れかけた故郷

暑い日は
空を見上げて
姉と夏の星座を
探しっこ
楽しかった夏休み

十歳上の隣の照ちゃん
学問は誰にも平等
自分の道は自分で切り開け
小さい頃姉と私に懇懇と
今、有難いなあと思う

山の神
祭りに
寄り合う
子らにゆらり
うきたつ祝祠

善光寺の
鳩字の額を見る度に
帰って来たなあと
山門から見下ろす
格別な参道

どん底に
帰っておいでと
母の声
ああ私には
帰れる場《ところ》がある

二、三十年の
時が
踊る
卒業後の
初同窓会

故郷の和菓子屋さん
盆でたくさんの車
一度はスルー、二回目に
こしあんの酒まんじゅう
食べれて良かった優しい味

稲穂が頭垂れ
実り待つ
墓参りの
田んぼみち
トンボの先導

フライパンの
ジュージューする
音の向こうに
笑顔でほおばる
風景浮かべ

今、こうしている
これが
しあわせ
なのかも
窓辺のぬくもり

火星に祈る

そう信じて
念じれば
その通りに
動きだす
ふしぎ

気持ちよく
ゆれる
シロツメクサ
ふと足元に
四つ葉のクローバー

公園のねこ
そろうり
鳩ねらう
足もとの
木の葉が笑う

雲をみて
高い空をみ
風を感じる
はっぱのチケット
童心への入り口

落葉ふみふみ
木の実ふむ
カサカサ
ガリッガリッ
足裏のあき

アイコンタクト
まじまじ見れば
あなたの
瞳に
万華鏡

縁起物よ
友から届く
小さな根付
壷の中から
金、銀の七福神

おこり顔
甘い匂いに
つい緩み
クッキーつまんで
えびす顔

毎夜
火星に
手をあわせ
何故か
祈る

三日月
シーソー
魔女と
うさぎ
夢路はどっち

夜に
口笛ふくと
蛇が来る
小さな頃の
暗闇はこわかった

もしかしたら
あなたが
私の福の神
光をあてて
行く先示す

一日一笑
一日一念
一日一善
一日一考
一日一生

信号待ちに
見上げる空
銀色の
ひよこの雲が
渡っていくよ

福毛を見つけた
自分にあっても
気がつかず
何か良いことの
兆しかな

うっすら積もる
松葉のまん中
真綿雪
猫の足跡
ぽつぽつと

偶然が
重なる
不思議
願い
通じ

合わせる手
ほのかな
温もり
ぽっ
一点の明かり

床に背
目を閉じる
日々の暮らし
音となって
聞こえてくる

あまたの
星たち
並んで
　おしゃべり
月に問う

来るのを
待つばかりでは
前に進まない
そんな時
後ろからそっと風が吹く

そうあって
ほしい
ゆれる
陽炎の
むこう

跋——玉手箱いっぱいの愛情と火星のパワー

風祭智秋（月刊五行歌誌『彩』代表）

川添洋子さんは平成十二年の十月号（通巻十三号）より彩にご参加され、現在に至るまで数多くの作品を発表されてきました。今までおよそ十七年と半年もの間、欠詠は数回しかなく、お仕事に従事されてお忙しいことを考えれば、いかに作歌に真摯に打ち込んできてくださったのかが解ります。

労を惜しまない
とは
いい言葉
さわやかな響き
初心に

身の程
知れば
顔をあげ
人押しのけずに
空ひとり占め

私もサラリーウーマンですが、川添さんのような方と一緒にお仕事ができたら幸せでしょうね。労を惜しまず、人を押しのけずに、のびのびと元気に勤務されるお姿が目に浮かんできます。
また川添さんは企業人としてだけではなく、家庭人としても優れた方。

子は親の背を見て
生きていく
わかったとするなら
生老病死を見せていく
これが子育て

早朝の
弁当づくり
冬は気合い
空っぽの箱に
気持ちひろがる

お子さんやお孫さんへの温かな視線が歌の至るところに見受けられます。そんな家族愛はお祖父さんからの愛情が原点となっていることに気づかされます。

祖父に
もらった
気長と
笑顔
私の大きな玉手箱

海のない県に生まれ
大洋のように
広い心をと
祖父が名付けたと聞いた
ありふれているけど好き

詳しい事情は知り得ませんが、川添さんはご両親と比較的早くに死別されたそうです。そのせいか、特にお祖父さんからいただいた深い愛は、大きな玉手箱を満たしてくれるのに十分だったのでしょう。そして家族愛の詰まった玉手箱は、かわいらしいえくぼがほの見える笑顔を持つ子や孫へと代々伝えられてゆくのです。

川添さんの家族愛を語る時、忘れてはいけないのはお姉さんの存在です。ともに異国を巡り、ミニ旅にも都合をつけてくださいます。幼い頃と変わらず仲良く、気の置けない姉妹同士で出かける旅は、意気消沈した時には何よりの薬となるほどに楽しいもの。一人っ子の私には羨ましいかぎりです。

いつも明るく、前向きな川添さんであることは作品を読めば一目瞭然ですが、たいへん辛いご経験もあったようです。

音もなく近づいた
細胞の増殖
我知らず
われ関せずでは
いられない現実

病ではじまり
すべてが変わる
視界一変
人生観も
価値観も

ご病気をされて、人生観が一変。『いのち』の章では、死に対して決して視線を逸らさない川添さんの生き方を感じ、心を揺さぶられます。

花は
二度咲く
花びらに
なっても
川に流れ

それぞれが
たった一度
満ちる月日を
迎えて
昇る

落ちてなお、川に流れて咲く花。死を肯定的に、美しいものとして捉えている心の潔さ。川添さんの作品には、人間として学ぶべきところが多くあります。

川添さんの作品の魅力は語り出したらキリがないのですが、最後に私が一番惹かれた二首を。

本当に苦しいのは
三日
三日たてば
事態は
必ず動く

毎夜
火星に
手をあわせ
何故か
祈る

よく考えてみれば「三日」には何の根拠も無いのかもしれませんが、三日だと言い切ることのできる人生経験の豊かさが魅力ですし、私自身が苦しい時に何度となくこの作品を読み返し、励まされてきました。私にとって、恩を感じる歌です。

では川添さんのこの強い精神力はどこから？　想うには「火星」からパワーをいただいているのではないかしら。占星術の世界では、火星は情熱や勇気を司る惑星なのだそうですよ。知らず知らずのうちに、川添さんは火星に惹かれ、祈りを捧げながら、自ら人生を切り開く意志と勇気を与えられてきたのかもしれません。そしてその力は歌に宿りながら、私にも読者の皆さまにも届けられているのです。

〈著書プロフィール〉
川添洋子（かわぞえ ようこ）
長野県出身、名古屋市在住
日本福祉大学卒業後、乳児施設勤務
平成12年　五行歌誌『彩』同人
平成15年　『シャボン玉 シャボン玉』（彩編集室）
平成17年　『シャボン玉 シャボン玉』（新風舎文庫）
※上記２冊の著者名「長野洋子」

五行歌セレクション 11
明日葉のしずく

平成30年3月26日　初版第1刷発行

著者　川添洋子
発行者　鈴木一寿

発行所　株式会社 彩雲出版　埼玉県越谷市花田 4-12-11　〒343-0015
TEL 048-972-4801　FAX 048-988-7161
発売所　株式会社 星雲社　東京都文京区水道 1-3-30　〒112-0012
TEL 03-3868-3275　FAX 03-3868-6588
印刷・製本　創栄図書印刷株式会社

ISBN978-4-434-24496-4
定価はカバーに表示しています

五行歌セレクション